Ye

2489

EPITRE
A SA MAJESTE'
JEAN CINQ,

Roi de Portugal, et des Algarves.

Sur les avantages de la fidélité a la vertu.
Par L'ABBE' DELAUNAY.

A LISBONNE
M. DCC. XLIX.
Avec permission.

EPITRE* AU ROI.

Cueil, òu j'ai fléchi la Parque
menaçante,

Que tes bords font rians pour une ame innocente !

Mais indiquant par tout le doigt de l'Eternel,

Que tu deviens terrible à l'oeil d'un criminel !

Prê-

EPITRE

Prête moi tes crayons, divine Calliope!

Qu'à ton aide aujourd'hui mon sein se dévelope!

.... Mais toi qui fus formé pour regner en ces lieux,

Grand Roi, pardonnes-tu ce vol audacieux?

Permets moi de suspendre un moment mon haleine!

Avant de te louer laisse échauffer ma veine:

La grandeur du sujet étonne mes esprits,

Et ma voix qui s'abbaisse en dénote le prix.

Assis

Assis parmi les fleurs en cet azile aimable;

J'en admire en repos le mélange agréable;

Je tourne mes regards vers ces superbes tours,

Et mesure au lointain leurs insignes contours.

Si je mégare ensuite en ces sables humides,

J'aime à confidérer qu'en leurs tombes liquides,

Neptune pour fixer le repos des humains

D'un féjour plus heureux leur ouvre les chemins.

Le

Le trépas en effet peut avoir ses délices

Pour un humble mortel qui triomphe des vices,

Mais, ô Ciel qu'un coupable éprouve de tourmens,

S'il commence à te craindre en ses derniers momens !

Il m'en souvient toujours, lorsqu'errant sur ces ondes,

Redoutant du noir Stix les cavernes profondes,

Je vous vis, monts altiers, dont l'éclatante horreur

Sur le front du Pilote imprima la terreur !

A l'af-

A l'afpeȼt de ces rocs qui percent l'Atmofphere,

De ces gouffres qui vont jufqu' a l'autre Emifphere :

Alarmé du péril: de remords obfédé,

Je crûs perdre le jour dont j'etois excédé !

L'Horifon furchargé d'un finiftre nuage

Déja nous annonçoit les fureurs de l'orage,

Quand les flots élancés par deffus nos fabors

De la dunette obfcure inondérent les bords.

A l'inf-

EPITRE

A l'inftant de la nuit les ombres fe répandent :

Des mortels Aquilons les fifflemens f'entendent;

Quel déluge ! Quel bruit ! Et la foudre et l'éclair

Illuminent l'Olimpe, et fe croifent dans l'air,

La mer en raffemblant fes fougues inteftines

Redouble la hauteur de fes vaftes colines ;

L'écume qu'augmentoit la chûte des torrens

Cent fois marqua l'abime à nos yeux expirans.

Grand

Grand Dieu, dont la pitié balance la juſtice,

Que ton regard ſur nous fut ſévère, et propice!

Apeine ſommes nous préparés a la mort,

Qu'un changement ſubit nous jette dans le port;

Le joùr luit: le vent tombe: un repos favorable

Aplanit à nos yeux l'Elément navigable:

Tout rit: nous reſpirons: et l'arc aux trois couleurs,

Enfin nous gárantit un terme à nós douleurs.

EPITRE

...Ce fut dès lors, Grand Roi, qu'admirant ton Empire,

Eperdu des tranſports que ce rivage inſpire,

J'abandonnay mon coeur aux ſecrets mouvemens

Qui pécédent toujours les grands événemens.

Opprimé ſous les coups d'un ſort plus que ſévère,

J'arrive dans ta Cour pour y chercher ton Frere,

Là, loin de préſumer les charmes du plaiſir,

Une amère triſteſſe, hélas vient me ſaiſir !

Je

Je vois dans fa retraite * un Infant * Magnanime

De fa propre grandeur trop illuftre victime,

Appeller fans efpoir le Ciel à fon fecours,

Et paffer dans l'ennui l'Automne de fes jours.

.... Mais quel fombre tableau frappe ici ma paupiére

Le Souverain lui même évite la lumiére !

Ce Roi né pour goûter la paix des immortels,

Eft réduit à gémir à l'ombre des Autels !

* Belles.
* Dom
Emanuel

B 2

Les

Les fujets d'Efculape efcortent fa perfonne:

De fes triftes accens le lieu facré raifonne:

** Para-* Sans ceffe accompagné d'un mal * perfécuteur,
lifie.

Il implôre des Saints, l'Efprit Confolateur !

Que de motifs pour moi de troubles, et d'alarmes !

La Majefté f'occuppe à répandre des larmes !

Celui qui rend heureux tant de peuples divers,

A la compaffion fait pencher l'Univers !

Ainfi

Ainſi pour t'eprouver , Monarque inébranlable ,

Le Ciel te déclara cette guerre durable :

Retranchant à ton corps les terreſtres douceurs ,

Il combla ton eſprit des céleſtes faveurs.

Eh ! qui ſoupçonneroit à ta noble preſtance

Que tant d'infirmités exercent ta conſtance ?

Jamais ſous un tel joug le moindre abbattement

N'altéra les clartés de ton entendement.

Du fein de la langueur ta volonté fuprême

Affermit à ton gré les droits du diadême :

Et de tes fentimens la haute dignité

Affervit tous les coeurs à leur authorité.

Ton fçavoir étayé des forces du génie

Réprime des cenfeurs l'orgueilleufe manie :

Il n'eft point de détour, fubtil, ou captieux,

Qui leur puiffe fervir à fafciner tes yeux.

Qu'

Qu'ils fçavent bien ces yeux démêler l'impofture!

Tu connois les flâteurs à leur fouple pofture :

En vain les faux dévôts voudroient t'édifier :

Un regard te fuffit pour les humilier.

Ce n'eft pas toute-fois que ta vertu fublîme

Rejette le parfum d'un encens légitime :

Quand ils font mérités les éloges font doux :

Qui f'acquiert de la gloire, en doit être jaloux.

Oui,

Oui, Grand Roi, tout t'invite à prifer nos hommages !

Tel fut le doux penchant des Princes les plus fages :

La foi de leurs fujets fit leur ambition :

Le terme de la tienne eft la perfection.

C'eft là , c'eft aux couleurs de ces peintures vives,

Qu'on connoît des heros les images nayves !

C'eft de là qu'on a vû cent climats illuftrés

Par des tributs acquis à des Rois adorés.

Il n'en eſt pas ainſi des tirans indomptâbles

Qu'une humeur ſanguinaire a rendus mémorables :

Brûlant de tout ſoumettre , et n'oſant rien ſouffrir

Ils ignorêrent l'art de ſe faire chérir.

Qu'elle fut vôtre erreur , potentats invincibles !

Quel fruit tirâtes vous de vos coeurs inflexibles ?

Et vous qu'ont redouté les défenſeurs de Mars !

Vous de qui la prudence anima les Céſars !

C   Par

Par òu bornâtes vous ces bruyantes merveilles

Dont les pompeux récits enchantent les oreilles ?

Qu'elle fin couronna les exploits d'un Othon ?

Aquoi fe réduifit la force d'un Caton ?

Que d'illuftres Romains (fans citer Alexandre)

Par foibleffe au Cocite ont tenté de defcendre !

Ils mollirent pourtant ces guerriers vigoureux !

Firent ils tant de morts pour périr malheureux ?

Ce

Ce n'est pas tout : fouillons les histoires antiques

De la valeur des Grecs monumens autentiques :

Combien de ces Titans qu'Homère a celébrés

Sous le faix d'un malheur sont morts défespérés !

Toi feul, Grand Roi, toi feul parmi tant d'amertumes

Pouvois vaincre les maux auxquels tu t'accoutumes !

Toi feul, fuperieur aux brigues de tes fens

Pouvois en furmonter les efforts impuiffans !

On

On diroit que ton coeur dominant la nature

A de toute foiblesse étouffé le murmure :

Il semble à contempler ton Auguste maintien,

Que l'on voit sur ton thrône un Stoyque Chrétien.

Suis, cher Prince, a jamais des maximes si belles :

Mets ton âme au dessus des grandeurs temporelles :

Leur splendeur passagère est un mal qui séduit :

La grace t'a sauvé du poison qui les suit.

Pour

Pourſuis ſans te laſſer un ſuccés infaillible:

Dieu veille ſur le cours de ton Regne paiſible:

Son culte qui produit tes ſoins laborieux,

Aſſure à ton courage un deſtin glorieux.

Que de faits étonans ſoutiendront ta mémoire!

Connoît-on des vertus qui n'ornent ton hiſtoire?

Si le Dieu des beaux ſons ſ'empreſſe à les tracer,

Quel tems injurieux pourra les effacer?

Ah!

Ah ! j'en appelle au feu qui dans moi se rallume !

C'est un zéle inspiré qui ranime ma plume !

Muse ! Je vous entends ! A ce foible portrait

Il manque au moins encor un héroyque trait :

Un trait ! . . il en est tant que mon silence honore !

O mon Roi ! Chaque jour que fait naître l'Aurore,

(Si ma verve pouvoit seconder tes travaux)

Fourniroit à mes vers des éloges nouveaux !

Mais

Mais non ! Pourquoi lasser une indiscrette lyre

A cadencer sans art ce qu'on ne peut décrire ?

Ta carriere, Grand Prince, est un champ trop fécond

Pour un triste habitant du scabreux Hélicon.

Que ta gloire, il suffit, de plus en plus s'étende !

C'est l'unique laurier que mon orgueil prétende :

A l'honneur du projet ces justes sentimens

Doivent être affranchis de l'outrage des ans.

Vis

Vis donc pour maintenir l'exemple de la terre !

Vis... conferve des jours refpectés du tonnerre !

Le germe fructueux de ton âpre douleur

Produira des moiffons dignes de ton grand coeur.

Avance d'un pas ferme en la route épineufe :

Une chaine qui plaît ne peut être onéreufe :

A l'Ange de ta garde offre tous tes foupirs :

La Croix feule promet de folides plaifirs.